西 美代子

歌集

ハツユキカズラ

本阿弥書店

歌集　ハツユキカズラ＊目次

I

装幀　松岡史恵

歌集 ハツユキカズラ

西　美代子

I

一九九四〜一九九五

マリーゴールド

満月の光にぬれてふっさりとマリーゴールドのおとす花首

魂のなだれるほどに泣きつきし幼なはけんかの相手を言わぬ

冴えかえる月の光の号令で牡蠣はぷるりと身を太らせる

亀に乗る神仙譚の行きつく先ひとりの母を嘆かせており

内海に夕べの風はさゆれつつ海近き家に父母を老いしむ

瘤取りの爺踊り出づ十三夜異形のものに出会う羨しさ

ファミコンに入れてもらえぬ悔しみにシロホンたたき子は黙しいる

冬の月あびて今ごろはじけいん原始住居跡の穀物たちは

ツンドラに埋もるるマンモス後あしより崩れしかたちのままに狂わず

禽獣の日なたぼっこは更新世後期第四氷河期よりはじまる

午睡用布団かかえて登園す三角楓をにおわす幼な

桃太郎もかぐや姫も爺ばばに見つけられねばしぼみいたるか

水仙の土割り芽吹く昼つかた子のお尻われの膝に遊ばす

食器棚の低きあたりに子は茶碗並べてしばし自己主張せり

うす緑のカモミール・ティー注ぎ出し夕映えのモンゴルもわがものとなる

グラスフィッシュ

冬の街グラスフィッシュのきらめきをひとしずくずつ吸って夜《よ》となる

紙の鳥産むことに子は憑かれおりまろまろはさみで紙切りながら

老人星冬空ひくくひそむゆえ窓ガラス今夜ていねいに拭く

幾万の家の灯りの一つ一つに汚物かくされしずもりている

絵本には服着た犬があふれてる悲鳴のように幼なは問い来

大根の薄切りの山に塩をふり梨色の水おびきいださん

一軒二軒家を数える言葉には雨受けとめるやさしさがある

コデマリは

雪やなぎはつぶやくときにコデマリはわだかまるときに小花こぼせり

ブレンド米ひびきすがしく外米は未知の音符のごとく売らるる

届きてはならぬものまで受け取ったようなる切手の端の口紅

失うかもしれぬものゆえいとおしみ成長痛の子の脚を撫ず

折れたるを添え木で育てしプチトマトやわらかき皮の一つが生りぬ

親鸞の忌日に魚を食べざりし安芸の門戸を貫くものよ

小岩井農場

夏雲のかぶさりている岩手山数えきれざる鳥を隠すや

中央ゲートくぐれば息の切れるまで走れ夏雲我らをかくさず

サワグルミ深き蔭なす土の道友と歩めば夏終わりなん

知る人のだあれもおらぬ気楽さにソフトクリームながくなめいる

衝撃波一つ行かせてひかり号点と去りゆく新花巻に

ブナ林の兄妹

入りてみんヘンゼルたちの迷いおるブナ林の奥陽のおちしところ
したたれる銀河の光捕まりたる兄妹やがて眠りにおちぬ

捕まりし兄助けむと妹はかまどの前で幼のごと問う

てのひらにはっしと感触残るらむ魔女殺しのグレーテル森抜けるころ

大粒のくぬぎしずかにふりはじむ老魔女一人みすてし森に

一月に芽ぶきてしまいしチューリップ合唱をするような芽の先

雪やなぎ芽ぶきの列はひびきあい有刺鉄線に似てまがり伸ぶ

ベランダのさいごの二歩がそのまんま置き去られたようなサンダル

ファミコンの伝説の城地下深く老司祭いると子は怖れいう

封印を解かれて出でし霊たちが子の脳《なずき》にて暗躍をする

風ふきて花びら舞わぬ二月尽くつしたの泥ごしごしあらう

ひっそりとラナンキュラスの渦状の花ひらきそむ星雲のごと

花の近きに

死後のことしきりに尋ねくる吾子に滴るごとき夕焼け見せる

ノースポール白く群れ咲き我よりも花の近きに子は手を垂らす

「おかあさんのことどうゆうん」ご主人の対の言葉を子はたずねくる

タビビトノキ大温室に葉をひろげ東の方角指して古りゆく

テラスよりプールに子らは飛び込みて王冠型に水立ちあがる

水の底すべりて小さき影が来て碧のしずくの少年あらわる

りんどうの色ただよわす便箋に書き出し一行ひらがな多く

「宇治拾遺」読みて雨の季すごしやる盗人やがて名を持つ日来ん

出雲坂根なだれ落ちいん急坂をスイッチバックの汽車のぼりゆく

おろちループ出雲街道の大蛇みち貧しき我を二めぐりさす

鳥上《とりかみ》を東にみつつ進みけり青杉の森反響すべし

峠越す一瞬我の頭も浮きて三半規管の砂おちはじむ

翳りなく我をだましてくれる君インディゴに変わる海に見ている

りんごの里

旧約期の神死にければ木を植えしりんご農家の主人野太し

二万個のりんごは生りて斑ら陽にたゆたいながら実を垂らしおり

うぶすなの神高原でくさめすれば緑陰はりんごの溜まり場となる

めざむれば霧の色ありブルドーザー食いついている山のはらわた

黒土の大根畑を渡りくる風に揺れおり旧家の糸杉

高原を荷電粒子の飛び交いて曇天に赤きりんご実らす

〈北斗〉の名つけたる人の腕おもう三千本のりんご樹若し

ブリューゲルの画の子供たち

子の捨てぬえんぴつ神の棲むらしく爪ほどの長さをなおもいとしむ

広告をひろげてふるう子のズボン砂まみれなる枇杷のおちくる

晩秋のどんぐりを樹からとるときにかすかなる声手に閉じこめて

泣かぬこと覚えゆくなり妹はどなられてなお兄に従きゆく

ポインセチアの花芯に黄色の粒立ちて昨夜の我の執着を責める

ハンドボール追う声窓に近づきて「徒然草」序段読むまに遠のく

ながぐつの中まで湿り冷ゆる足その湾曲を引き抜きかねつ

言いかけて言い切れぬことブリューゲルの画の子供らは輪をまわしいる

星空のおぐらきところ赤く浮く褐色矮星春を呼びくる

少年の丘

さようならとこんにちはあり幼子は先にどちらを発語したるや

目の横の傷は雪のすべり台落ちたためだと子は友かばう

吹く風に向かう少年の腕を矯め飛べなくさせておりはしないか

雪柳万とつけたる芽の中に花粒五つ六つひしめきており

雪柳の初花見せんと呼びし手が小さく我の手をにぎりくる

子の好きな0点の父の失敗談たっぷりと腿に坐りてねだる

登山道ゆく息しだいに速くなりブナの巨木のまだら肌冷ゆ

かつて子は死者であったと思うまでしずかな瞳《め》をして橋を見ている

蝶の卵両手の中に持ち帰り桃の実ほどに子は灯りゆく

湖水の色

湖水の色ゆずられ小さくひらきゆく露草の青に満ちいる冷気

医師たちの寄りては話す気配して父の検査は三時間越ゆ

父を乗せ運び来たれるストレッチャー廊下にだらりと横たわりいて

待合室の椅子に坐れる肩幅の小さくて一度は母を見過ごす

Ⅱ

一九九六〜二〇〇二

管弦祭

三隻を並べて繋ぐ御座船の重さしずしず漕ぎ船は引く

御座船は大鳥居沖を三めぐりし森界人界離れゆくなり

櫓を漕げる阿賀衆の腕みな太くようやく進む重き御座船

夕光にわきあがる声引き船の櫓をこぐ阿賀衆櫂こぐ江波衆

管弦の楽の音とまり船内に餡ころ餅などふるまわれいて

祭神は市杵嶋姫《いちきしまひめ》夏の夜を出でてしんしん外宮へ向かう

神の船の帰りを待ちて深更の暗さはひとりひとりのものなる

旧土人保護法

風不死岳《ふっぷしだけ》のするどきなだりは川を抱く母語奪われしアイヌらの家

男性の名ばかり並ぶ移住者名簿アイヌの女の宛てがわれしとう

開拓の名のもと差別ははじまるを眉濃きアイヌの夫婦は語る

惜しきものなどなからんと森林の伐採すすめし旧土人保護法

いくたびか「和人」と呼びてアイヌとのへだたりを説く民族舞団

赤茶ける倉庫を並べ運河まで小樽の傾斜は人引き寄する

魚の時間

前ぶれのなく苦しみの言葉なく父は倒れき息淀ませて

小さき虻せりあがりくる音に似て父の体はしびれてゆきぬ

肋骨の折れんばかりに蘇生せよとくり返さるる心臓マッサージ

口からの酸素パイプの管太く目覚めざる父百合をおもわす

いちご一つすりおろし口にのせしのち父の呼吸はふたたび狂う

死の際の夜夜《よよ》を帰れぬとわが母は片肺の痛みもちて付き添う

「よくなるから」「よくならなくとも」三月目を食べず動けず魚となる父

痛いとも告げえぬ父は右肩のはずれしままに夏を引きずる

心筋梗塞に崩るる前夜六百枚の賀状を整理し眠りたる父

六か月言葉を発せぬ父なれば泉の色も目に語りかく

葱畑を吹ききし風の香れるを浴びせんと父を乗せる車椅子

牛蒡に土を

腕ほどの太さの牛蒡に土かぶせ雪来る前に義母《はは》は倒れき

いくたびか呼吸の止まりくる義母は励ます義姉《あね》らの言葉聞きいん

退院後すぐ水やりをするからと義母は牡丹に声かけていし

亡くなりし義母の顔は白く透き口紅させば微笑みている

盆踊りのはじめに死者の名は呼ばれこの地区に七人の新仏あり

黙祷がはじめにありき死者として義母の名前も読みあげらるる

盆踊りの輪の中に次々入りゆき誰も笑わず踊りつづける

豪雨土石流災害

我が家ある団地の山に豪雨あり頂上の池の水あふれだす

水無月の激しき雨の中帰る子らを揺すれる山鳴り低し

松ヤニの臭い湧きたち山藤の生える斜面は崩れはじめき

水量を呑み込みきれず観音山は車ほどの岩吐き出し滑る

土石流の塊り団地へ溢れ来て行き場を求め道ころがれり

子ら七人土砂に足をさらわれてランドセルごと流されゆけり

大水は団地の地下を集まり来《く》貯水池に泥水煮えたぎるよう

迫り来る山水に流され口中がびしょ濡れになりし娘の友は

西安の道・北京の道

西安の砂ぼこり立つ交差点積みあげられてざくろ崩れず

西安の夜市に積み上げ売られいる横長のすいか・犬の頭

見惚れつつ立ち止まらんとする我ははげしく怒鳴らる屋台の男に

物乞いが二人、五人と増えてゆき我は夜道で取り囲まるる

入国の審査待ちいる大連にびっしり見えるビニールテント

「麦当労《マクドナルド》」の照らす灯の前物乞いの老女付ききて目を合わせざり

六メートルの幅ある壁を国境に造り続けし真冬も夏も

八達嶺の石の畳は滑りやすし大国の覇者組み上げしところ

硯売る少年するどく我を見る足無き体をこちらに向けて

足の無き少年は道で我を呼びその父親の傍らにおり

小さき足跡

雪多き冬の終わりにつわぶきの黄花ひらき父は逝きたり

母一人にほほえみかけてゆっくりとその翌朝に父は死にたり

心臓を患い四年雪の朝父は鳥になりて飛び立つ

亡き父の足跡ならん右側を少し引きずり小さかりにき

アフロディテ

背が急に伸びて困ると息子言い引きあげられるように手揺らす

家中で一番気短なる夫毎日洗う子らの弁当箱を

プリントの散らばる娘の部屋の床ギリシア神話の本はあふれて

押入れのこの一角を整理するどこへも行かぬも旅だとおもう

あの人も停年を待たず職場去る親の介護の生活せんと

「アニキ」という呼び名気に入り妹は爪かむ癖もマネをしている

アフロディテの主人の奔放語るときとりわけ早口に娘は尖る

夕食後君と歩けり稲の穂の垂れる田つづく団地の坂道

おだやかに歩き始めて子のことに移るころ君に言い負かさるる

Ⅲ

二〇〇三〜二〇〇八

食べられない友

同僚がまた一人去る生徒のため頑張りすぎしや関わりすぎしや

薬効かず自分を許せず左手を傷つけてしまえり昨夜の友は

生徒らの訴えくる悩み泣きながら友は聞きいし深く頷き

ひっそりと不安や夢の渦巻いて身を細らせてしまうことあり

人の倍努力をせよと父求め逆らわずに来し幼き日の友

遠くからつながる地下の根のような言葉をかける友にも子にも

うすずみの空に

湯気あたる眼鏡をおかしがる娘埴輪のような古代の笑みす

透き通る魚の群れを見て思う汝を産みてのち風邪ひかずいる

弁当を残さず食べる上の子に蕗のとう味噌隠し入れおく

肩わらうような制服の新しきを着る息子ついに写真に撮らせず

詰め襟の学生集う体育館早苗田のように湧く力あり

アイスクリームを一対四で分けたという兄と妹言葉少なし

そろそろと玄関の戸をくぐるとき息子はうすずみの空に近づく

いなくなる日が来るようなり白磁なる光源として君を見ており

鯨肉を給食に食べし頃のこと言い合うときの君は楽しき

我一人にぶしと思う君も子もかすかに呼べばすぐ目醒むるに

黒部・宇奈月の旅

山ひだに雲の生まるる黒部峡谷子らと並びてトロッコでゆく

バス三日あなたと子らと乗り継げり上高地まで巡る森林

宇奈月の駅前熱き噴水のゆるく上がりて子ら叫びたり

携帯は入らぬダム湖展望台のぼりおりして子と過ごしおり

トロッコ鉄道のそばには冬季通路あり雪の深きに行く人のため

荒削りな谷の入り込む連峰を見おれば霧につつまれてゆく

三段峡駅まで

五十日に迫る廃線までの日よ三段峡行き黄色の車内

終点の三段峡駅に続く道もみじ葉の雫に目の眩むなり

川の辺に手伸ばし水のにおい嗅ぐ三段のしぶきに近づきながら

展開は考えず片道二時間半単線延びる旅の頂点

杉木立抜けて往復五時間を太田川にぞ沿いて旅する

コケモモのジャム

シベリアのコケモモジャムの浮くグラス小雪降る日は亡き父思う

うす桃のポーチュラカ昼を萎みゆく頃に子の背の伸びのとまらん

夏ごとにゆく洋画展娘と並び今年は同じ背丈で歩く

学内の慰霊碑に並ぶ被爆者名生徒と教師三百を超す

台風の四度吹き過ぎガレージの屋根十一枚鎖なし飛ぶ

八軒先の庭に落ちたる遠足シート汚れつつ戻る記名のあれば

折り鶴は原爆ドームの前を去り七百万羽再生紙ノートに

指宿の湯

わらわらと〈ひかり〉や〈つばめ〉〈なのはな〉を乗り継ぎ冬を薩摩に来たり

砂むしの砂の熱さや娘よりわたしは先にがさりと埋もる

砂むしの海風ゆるし頭だけ出して開聞岳に向き合う

背を屈めなのはな号に乗る息子カバンの重きを笑みつつ持ちて

長崎鼻の灯台の先の岩場ゆく娘の姿一度見失う

山近き知覧に訪ねる武家屋敷飛び立つ人を見おくる路地あり

笑ってばかり

銀閣寺のどこで撮っても寒そうな腰高の息子は笑ってばかり

純白の白砂の山のいくえにも曲線持てる銀閣寺巡る

銀閣寺の建物の屋根反るほどに板木重ねて造れる曲線

永遠に重なり保つ銀閣の屋根は見たるか初陣の若者を

森の木の肌

県東に単身赴任の忙しさされど君愚痴をこぼすことなし

被爆直後の街に入りて亡き父も人捜ししか闇来る頃も

薄紅の夾竹桃を風揺らし過去にはできない被爆者の声

小頭症の人の写真のシルエットやさしくて観音様を思わす

胎内被爆の小頭症の人生きる六十年をまぶしく見たり

静かなる森を匂わす木の肌の手すりを伝い母は歩めり

トンカツも詰めたる弁当入試へと子に持たせしを忘れ行くとは

浦々のソメイヨシノはクローンと話す息子の受験終わりぬ

ロフト式ベッドを入れて子の新居水族館のごと柔らいでいる

Ⅳ

二〇〇九〜二〇一二

坂道の町

海岸通りの病院裏から繋がって坂道のまま波止場は香る

浄土寺の奥の院から見下ろせる船着き場ある尾道歩く

小魚のダシの香りの海岸通りしろたえの雫の布巾干したり

青色の濃淡のタイル透き通る光に導く路地ある尾道

ペンギン吐きし

羽状複葉のすずしく揺れてわれを呼ぶ時巻きもどす入り口のよう

南極から届く氷は含みいんペンギン吐きし二酸化炭素も

イラストを描いている時間の濃きことを娘は語る姿勢よくして

咽頭癌治さんと放射線当てし義父の左肺にも癌は散りおり

時折に小さく笑う義父の顔病になめされ鼻梁透くごと

もう一日さすりおりたき義父の頬桜の幹の丸みに戻り

草を刈るモーター音を義父好み暮れるまで刈りし冬寒き日も

新聞で包みしゴボウ柔らかし義母は取り出す土の中より

メガネ今だけ外してみたらと説得し二十歳の記念娘を写す

十年来メガネを掛けている方が顔つき優しくなる娘なり

三十年前の我の晴れ着を着た娘少し微笑み写真に写る

緊急報道

地震の報飛び込んでくる放送局たずね見学はじめし直後

緊急報道に替わると告げしプロデューサー料理のセット片付けられぬ

モニターに地震も火災も映りおり黙って見つめるおどろきながら

被災地へと向かう警察官に千枚のタオルを託すことしかできず

東北の被災地で勤務する警察官へ広島から託す千枚のタオル

オーパック

蔵書検索オーパック・ウェブキャット飛び交いている司書室のなか
数字順・アルファベット順で並びいる和書や洋書や絵本のたぐい

Ｆｕで表わす藤井・福田・福島の著者記号なり軽やかに並ぶ

請求記号・資料ＩＤ二十七万冊の本並べ行く三階の書架

ドナルド・キーンの訳本に出会う和書の棚「おくのほそ道」墨絵鮮やか

図書館は国民に奉仕する機関なり図書館学の歴史に学ぶ

他館との本の相互の貸借は図書館の義務に近きこと知る

もう少し読みたいと子供らに思わせて終わりとしたりブックトークは

図書館に著作権法あまたあり本日の新聞コピーのできず

図書館の横断検索貸借本を運ぶトラック町つなぎ走る

図書館に入る度にわれがお辞儀するゲートは露草の光を放つ

退館時もカードをゆっくり手で添える存在の証明示すゲートに

ハツユキカズラ

ふっくらとハツユキカズラは枝垂らす母に贈りて五年たちたり

宮島の平家納経法華経の金の字は平安の祈り呼び寄す

ヒロシマの黒い雨かつて降りし谷ジャガイモ静かに育てり今も

原子炉の近くに作業する人を息子と思う背の高ければ

日本一小さき蛍の発光を見守り人は早起きせしや

八重山の蛍も見おるや津波の跡を伝えくれいる南の石を

西広島駅前のナイフ事件

小学生を旅行カバンに監禁せし男に似ている我が手の長さ

少女がナイフで脅されし路地今日もまた人通り多き手芸店の横

誘拐され震えしひとは我が子かも街中で一人にさせし幾たび

我の身に起こることかも塾帰りに子を待たせたることも幾たび

闇の中でナイフを潜め待つ心我の貧しき心と変わらず

ためらいも許されずカバンに入りたる少女の声漏れ運ばれし道

V

二〇一三〜二〇一五

右上腕骨

足滑り右肩を打つ西窓を閉めんと風呂で手を伸ばす時

するすると体は倒れ止められず湯船の縁に肩を打つまで

はずれたる網戸のようなズレ映るレントゲンに右上腕骨は

箸持てば右肩痛し収集車の回転にゴミを潰さるるごと

動かせぬ右腕となり七週を休みぬ職場に謝りながら

骨折し右手動かずゴム留めのできない髪を揺する朝夕

がま口をひらけぬ手なれば三千円を裸で入れたエコバック持つ

桃色のインナーマッスルなるを知るリハビリ始まる整形外科で

起き上がるために体を回せども動かす力を伝えぬ筋肉

砕けたる右上腕骨大結節やわらかくなる五週経つ時

はなそげ

「はなそげ」と呼ばるる岩あり菖蒲咲く植物公園のバス停近く

見つかりし毛利の残党鼻を削ぐ刑罰伝わる里の山道

毛利軍敗れし後を里人に混じりたる侍を山は隠せり

里人に混じりし毛利の残党の見つかり鼻を削ぎ落とされし

右腕の折れて刀の使えない敗走兵は我かもしれぬ

まず自分の腕の長さいっぱいに右腕伸ばすもリハビリとする

二ヶ月ぶりに復帰するなり図書館にパネルシアターの倒れを直す

お薬手帳

何軒も馴染みの医院へ母連れて民生委員さん昨日も今日も

藤色の花柄パジャマ母の望むように用意す入院前に

一口のご飯ゆっくり食道を戻りくる母の背なをさするよ

入院中の母に代わりて宅配の牛乳の瓶を洗う木曜

足萎えて蛸のようにも力なき母を連れては帰れぬ我が家

取り付けも外すも椅子で身体伸ばし一人で注連縄飾りたる母

肺片方頼りに一人暮らしする母に届きし電動ベッド

退院まで明るき和室に母を待つ管長きままの酸素吸入機

枕崎台風

少女期の母は大豆や芋を煮て家族みんなで囲みしや食卓

兄二人出征し還らぬ人となり背丈ある男少なき暮らし

好きな歌教えくれたる母の姉「山吹きの蓑一つ」の雨降りの景

終戦後すぐに襲いし台風は小野田の家を水浸しにせり

家中に水かさ増して少女期の命危き母の記憶よ

迫り来る水をおそれず抱えあげ救いくれし祖父を語るわが母

ほど近く滑り谷の名の伝えある山の斜面になお我は住む

移る病院

孫のネームの体操服着てわが母が病院ではじめて迎える新年

病院へ毎日見舞う午後八時母の足裏揉みほぐさんと

十か月母の馴染みし病院も限度と言われ移る雨の日

少なめの食事に母は苦しむも逆流性食道炎起こさぬ配慮と

一口のお茶をふやしてと母の希望微笑み伝えるは我の役なり

指運動を朝夕つづけいる母のしだいに立たなくなりし足撫ず

ベッドから一歩を出すを支えくれる看護師に馴染みほぐれゆく母

トロミあるお茶をゆっくり飲みながらむせてしまえり幾度も母は

肌の色桜のように透き通る入院一年余りの母は
もう着ない衣類の処分頼まれて母の押し入れの抽斗開く

一分前まで

さすってもいいかと訊ね足を揉む眠る時間の多くなる母に

ひと花ひと花咲き継ぐ木蓮点滴で生きいる母の命にも似て

母の着しスーツやワンピース三十着古着屋で売る七十円で

薄紅のサツキを眺め過ごすこと母は好めり草抜きながら

呼吸することの長年苦しきが麻酔で母の息楽に見ゆ

母は掌をさすれば気持ちいいと言う呼吸のとまる一分前まで

麻酔使い痛み忘れる母の顔やっと優しさを取り戻したる

咽喉仏揺れて呼吸の苦しかる母に声かく家に帰ろう

呼びかければまだ足のツボも反応する母に伝える柿の豊作

問いかけに苦しくないと微笑みつつ母は逝きたり雨あがる夜明け

大地に還す

通夜からの手順を語り葬儀屋が渡す火葬許可証しろし

呼びかければ笑顔で応えてくれそうな母の死に顔花にて囲む

柔らかな文字で新たに加わりし墓誌に刻める母の享年

片肺になりし時よりわが母はダム湖の干あがりやすさを宿すか

柔らかなさらしに入れる母の骨健やかなれと大地に還す

Ⅵ

二〇一六〜二〇一八

桜の下で

亡き母の抽斗きれいに整理され義妹は喪の日にエプロン使う

病院の白き桜の下通るが最後の外出となりし母なり

ふりそそぐ桜の花とともに映る写真を分けむ弟家族と

手のひらをゆっくり合わせ思い出す母の最期の小さき顔を

身体を黒いバッグに守られてオバマ大統領広島に来る

「大人《おせ》らしうなって」

山も田畑も一緒にすべてと決意する実家を売りに出したる夫
住み慣れし実家を売りに出すことを責められている夫は義姉に

タラの芽や松茸採れる森近き暮らし捨てるを決めゆく夫

夕暮れてまた田を回り田植えの日植え残しあるを手に植えし義母

義父義母の住まなくなる家十年前新築のまま太き梁新し

彫り物の欄間をわたる風ゆるく集まる親族寄るは最後と

「大人《おせ》らしうなって」と孫を迎えたる義母の笑顔を仏壇に見たり

もう使うあての無ければ持ち帰れぬ義母の揃えし仏壇用ハタキ

兼業農家でやっていけぬと義父亡き後山も田畑も人任せなる

買う人の無ければ続くや草刈りの田畑をイノシシに突つかれながら

広島の三角州に

墓地までは近くなりたり広島の三角州の中に夫は移せり

墓に印す結び雁がね中国の蘇武の存命を伝えし紋なり

広島で酢の商いをしたという夫の祖父の骨も眠らす

ゆったりと大栗育ちし実家の墓を夫は移せり海近き地へ

並び立つ隣の墓よりやや低き我が墓に集う親族姉妹

ガラスの欠片

元祖カープ女子草田カズエさん被爆してガラスの欠片まだ残りいる

放射線量高かりし土に囲まれし中島町にビー玉みつかる

七十年前動員されて建物の疎開に取り組みし中学生多し

川に沈みし被爆瓦のありしこと川沿いの病院しんと見たるや

生コンは町ごと用意され三角州を繋ぐ橋こそまず造りたり

建ちてゆく病院にまず基礎になるセメント流し始める工事

被爆せし建物使いパン作り続ける店のデニッシュ優し

神原の枝垂れ桜

花びらが語り合うよう隙間もつ枝垂れ桜に会いに行きたし

傍らの田に流れ込む土砂のあり山を削りてわが住みおれば

花びらは淡き紅に咲きそろい重く垂れいる三百年を

三百年咲きつぐ桜の枝太く被爆の雨をはるかに見しか

だれよりもこの里に住み山も人も変わるを知るや神原の桜

原爆の爆風に揺れくろぐろと雨を受けしや神原の桜は

爆撃を受けてイラクが負える傷原爆落ちし広島と重なる

イラクの爆撃に苦しむ子らのこと小さな詩に込め伝える医師あり

寄り添う形

戦後七十二年、原爆資料館耐震工事中、周辺地下から高温で溶かされた万年筆や牛乳瓶などが発見された。

朝早く牛乳配る親子あり八十年前瓶ケース持ち

爆心地に近き中島町の店焼け溶けくずれる牛乳の瓶

地下に今も暮らしの跡を留めいる原爆資料館三メートル下

相生橋は寄り添う形広島の目印として兵士は見たり

広島の基町《もとまち》で被爆せし父を重ねて思うフクシマの放射線

ビー玉の黄色つぶされ変色す子供の遊びし声も消えたり

木瓜の実

紅と白の混ざれる木瓜の花母は愛せり実家の庭に

けぶるごと遠目に見えて木瓜の花亡き母好む庭の一隅

母の見し庭の木瓜の木はどの夏も実をつけざりし三十年を

母逝きて二年経つ夏うす緑のゆたかなる実をつけし木瓜の木

たっぷりと歳月ながれ亡き母はあそびいたるや木瓜の実となり

名札を読むも

建物疎開で学生たちの作業せし爆心地二キロ圏内の本川

弁当を食べないままで被爆せし幾たりの子の名札を読むも

マテバシイの茶色の実育つ山を抜け豊かな水量ある太田川
工場の汚水を流し幾たびもシジミ死なせし汽水の中に

フリーハンドの満月

哀しみを知りてゆっくり開きゆく白萩のごとき師の面差しよ

励まされ力をもらいし師の手紙フリーハンドで描く満月のよう

宮沢賢治の詩の研究書多くあり豊穣な稔り持つ図書館は

ドングリを探す園児らの真剣な顔に出会える図書館ちかく

広島を励ましくれたる岩田先生の礼状我らの未来もこまやか

ゆっくりと優しき姿勢の本屋なり歌の雑誌を三冊揃え

店前の駐車の仕方教えくれし店主若くして亡くなりし冬

潜り橋

海近き鞆の浦まで君とゆく亡き母よりも骨軽くなり

ヤマユリの少し咲くごとわが大腿骨の骨密度低きと画像は語る

白梅を見んとあなたと来たる旅錠剤飲みつつ転ばぬように

向こう岸に見える瀬戸内のコンビナート二十四時間まぶしきままなり

福塩線に沿いて流るる芦田川八つの潜り橋のある川

草戸稲荷神社へ朱色の太鼓橋転ばぬように踏みしめ歩く

洪水で滅びしという草戸千軒を広く望める稲荷神社は

出土する古銭や塗り物使いたる猟師の暮らしの蘇りくる

山陽道と鞆の浦からの海の道中継地にある草戸千軒

明日葉

アカシアの白き花々咲き満ちて父母の墓の道を濁せり

久しぶりに会いたる友は摘みたての明日葉のごと温かかりき

母の死後庭に木瓜は実りそめ微笑みに似る重みも持てり

亡き母と過ごしし庭に咲き継げる木瓜は実を持つ四十年の後

岩国の海軍基地に戦闘機増えゆき缶切り刃のように光る

鶴の花

一天を見つめるような鶴たちを四羽小さく折り上げてゆく

河原にて死者の叫びを聞きいしか今鶴の姿となりて飛べるは

金色と朱色合わさり折り紙は鶴の息する花となりゆく

三輪車に乗りて命の消えゆきししんちゃんも鶴は見ておるらんか

縄跳びで遊びし子供多くいし爆心地をはるか舞うや鶴花

鶴花を折る我の指かさつくも手を合わせ拝む死者を思いて

中学生動員されて作業せし爆心地近き商店街に

墓所決めし舟入の寺は原爆で多くの家の倒れたる町

義父逝きて家と山とを売りしこと義姉らのふるさと無くしたること

かわるがわる茄子や胡瓜をつやつやと実家の畑に義母育てたる

我ら住む団地の狭き庭隅に茄子を育てる君の朝早し

微笑みの砂本ひろ子さん

微笑みて立ち食いそばを食べていし砂本ひろ子さん富山の旅で

亡くなりて十年と知る短歌の道に共に出会いし砂本さんの

職退きて窓たまに拭く日々となる友逝きし歳と同じになりぬ

丁寧なそばを打ちては寄る人を和ませし砂本さん逝きし六十歳

馬場あき子先生を学校に招きしとき砂本さんの力尽くせり

先生の「ことば・言の葉」講演に短歌の中の人豊かなり

ブナ林の闇

豪雨警報鳴りし団地の山肌に住みて激しき雨音を聞く

丘陵地に繋がる道路崩れ落ち通れぬ箇所のあまたできたり

兄妹の育ちし家あるブナ林に紅梅色づくゆたかな春あり

ブナ林の広がる山を切り開き造りし町に我も住みたり

水遊びせしせせらぎも紅葉も土砂が爪立て崩れ落ちたり

大雨のひた降り川になだれ込み土石流町を飲み込んでおり

赤きバラ飾りの時計を贈らるる初めて担任せし生徒等に

定年と還暦知りて赤いベストのテディイベアを贈りくれし子ら

還暦を祝いくれたる教え子らの家も豪雨で陸の孤島に

いく筋も傷つき山は崩れたり葱畑もあるブナ林の闇

茄子ひとり

庭隅で日ごと五センチ育ちおり茄子ひとりなり夏の暑さに

やわらかきところをバッタにねらわれて茄子は膨らむ光を垂らし

潮風もふくむ光に触れながら茄子は紫のつやを増したり

潮引きし穴に塩かけマテ貝の鉛筆のような固さをつかむ

あとがき

一九九三年五月に第一歌集『恐竜の卵』（本阿弥書店）を出したあと、なかなか歌集としてまとめることができず、二十五年近くの年月が流れてしまいました。

この度、第二歌集『ハツユキカズラ』をまとめるにあたり、一九九四年から二〇一八年を六つの章に分けて、四一三首の編年体といたしました。家族や仕事や旅行などのさまざまな場で、心が動いたことを歌に詠んでみました。

自分の三十代後半から五十代までの作品ですが、そんな生活の中で、十五年前にも豪雨土石流災害が、私の家のある団地の山でも起こりました。昨年の西日本豪雨では友人の何人もが被災し、半壊した家の泥の中から救出されるなど、不穏な日々を過ごしている人がまだ多くいます。

四十代半ばから五十代に入って思いがけず、厳しい現実と向き合うことが多かったことを思い返しています。義母と父を相次いで二十年前に、義父と母を少し前に、それぞれ看取る日々を過ごしました。また馬場あき子先生をお迎えし、勤務する学校で短歌大会と講演会を催した際、教頭として実行委員長を努めた職場の先輩であり、長年の歌友でもあった砂本ひろ子さん。その人が今の私と同じ六十歳で亡くなるなど、身近な人たちとの別れがいくつもありました。詠うことによって励まされ、支えられた時間であったと思う日々でもありました。

教員になり三十年が経った頃、病がちな母の手伝いができたらと願い、図書館の勤務に仕事を変えることになりました。十代だった兄妹二人の子供たちも、大学を卒業し、それぞれ勤めるようになりました。両親の死後、主人は田舎の実家や山や田畑を売り、墓を移すことにしました。料理は任せておけという主人と二人だけの生活となって十年となります。

歌集題の「ハツユキカズラ」は、母を詠んだ歌の中にあり、白や茶の小さな葉のつながりの中に清楚な強さを併せ持つ、柔らかなイメージの植物です。

歌集をまとめるにあたり、馬場あき子先生より帯文を頂戴し、一生の宝となりました。本当にありがとうございます。また編集にあたり米川千嘉子様には細やかで丁寧なご指導をいただき、感謝しております。普段からいつも背中を押してくれる安芸の会の皆様にも心より感謝いたします。

最後になりましたが、本阿弥書店の編集部の皆様、とりわけ黒部隆洋様には大変お世話になりました。深くお礼申し上げます。

西　美代子

二〇一九年二月十四日

著者略歴

西　美代子（にし・みよこ）

1958年３月14日　広島県廿日市市生まれ
1982年　歌林の会入会
1993年　第一歌集『恐竜の卵』刊

かりん叢書第三四一篇

歌集　ハツユキカズラ

二〇一九年三月十二日　発行

著　者　西　美代子

〒七三一—五一五七
広島県広島市佐伯区観音台
四—二四—一九　真田方

発行者　奥田　洋子
発行所　本《ほん》阿《あ》弥《み》書店
東京都千代田区神田猿楽町二—一—八
三恵ビル　〒一〇一—〇〇六四
電話　〇三（三二九四）七〇六八
印刷・製本　三和印刷
定　価　本体二七〇〇円（税別）

ISBN978-4-7768-1420-7 C0092 (3136)